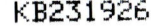

「내 것이 아니야」
「이것도 아니네」
옛 얘기 속 나뭇군
티끌없는 양심처럼
갖가지 탐스런 색
한떰에 모두어 닿도록
물살만 정강이를 스칠 그음

빨간 물빛 아른대는
눈익어 울것같은 반가움이여
「찾았어 내 것 맞아」

좋아라 받쳐든 손 가운데로
생시보다 환히
쏟아드는 빛 한 줌

그래. 두손에 넘쳐도
올리고 붙잡주고
비워내는 아쉬운 아쉬운
꿈네서까지 욕심부려 넘보지 않는 실체
갠들, 먼 끝날이어도
풋풋하게 늘부신
빛 한 줌 뻗인걸.

저자 근영

金 哲 起 (栗園)

한국문인협회
한국자유시인협회
한국지구시인협회
한국문협 부천지부
남산시낭송회
보리수시낭송회 등 활동
전국 학교어머니회 회장단협의회 경기도회장

월간『문예사조』신인상(91년 시부문)
한국자유시인상(제10회)
한국문예문학상(제9회)
문학의 해 시 낭송대회 금상
미술대전(문인화) 입상 등 수상

시집《한 點 꽃, 꽃의 사다리》
　　《밤나무골의 햇살》
　　《소리에 색동옷 입혀》
　　《빛 한 줌》

김철기 시집

빛 한 줌

김철기 시집

빛 한 줌

한누리미디어

서문

하 은 려
전국 학교어머니회 회장단협의회 회장

　나는 원래 누구의 권두언이나 격려사를 써 준다는 것은 부담스럽기도 하지만 감히 내가 감당하기 어려운 글을 쓰기를 사양하는 사람이다.

　허나 김철기 시인만은 내 나름의 철학으로 본 눈으로 추천서라고 할까「김철기 시인에 대하여」느낌의 글이랄까 쓰기로 했다.

　내가 아는 김철기 시인은 얼핏 보기엔 가을 들판에 곱게 핀 하늘하늘한 코스모스 같은 인상인가 하면, 찬 서리 맞고 피는 국화, 아니 그 어떤 고난과 시련도 이겨내는 매화 같다.

　잔잔히 흐르는 맑은 시냇물인가 하면 막을 수 없이 마구 쏟아져 내리는 큰 강물 줄기 같은 여린 듯 강한 사람이라 하는 표현도 좋겠다.

　내가 김철기 시인을 처음 만난 것은 10년도 더 전이다.
　다름 아닌「전국 학교어머니회장협의회」모임에서였다.
　나는 전공도 정치외교학이었고 정치학 석사였으므로 젊은

5

시절엔 공직생활을 했었다.

국내는 물론 일본이며 미국 등 관련된 업무로 활동한 경력 때문인지 책임이 큰 직책이 많았던 터였다.

즉 평화통일정책 자문이나, 한일 친선관계, 검찰청 범죄예방위원, 교육구청 자문 등 등. 특히 그 중에 각 시도 학교어머니회장을 역임한 사람들로 구성된 「전국 학교 어머니회회장단협의회장」 이었던 것이다.

당시 부천시 학교어머니협의회장이었던 김 시인을 알게 되었다.

전인교육 및 교육발전을 위한 취지의 모임인 만큼 장학사업이며 청소년범죄 예방, 환경문제 등 많은 협의회 일로 동분서주할 즈음이다.

자주 만나 시시콜콜한 대화를 한 적은 없으나 누구보다 가까이 김 시인을 느끼고 인격과 실력을 엿볼 수 있는 계기였기에 경기도회장으로 임명하였다.

앞에서 말한 코스모스 같은 인상의 김 시인은 모임때 음식도 아무거나 못 먹고 가려 먹어 가면서도 내게 늘 존경을 표해 주는 겸손한 태도로 참석에 애쓰는 것이 역력해 때론 몸이나 상하지 않을까 우려한 적도 있었다.

때문에 그가 문학상을 수상한다거나 사업을 한다거나 할 때 참석해 달라면 바쁜 일들을 뒤로 하고 아름드리 꽃을 앞세워 축하해 주기도 했다.

김철기 시인은 지역사회며 문인들의 단체에서 총무, 사무국장 등 뛰어다니며 봉사해야 하는 일을 오래 하면서 한편 대학원에서 최고경영자로 우수한 성적의 졸업을 하였다는

것도 당시 대학원장님의 글을 통해 나중에 알게 되었다. 그
만큼 소리내어 드러내지 않으나 자기를 다져 나가는 일, 삶
의 질적 가치를 설정하면 뜻을 이루어 냄으로 그만의 향기
를 발산하는 명징한 성품이다.

하여간 생활인으로, 시인으로, 그림도 그리는 화가로서 부
단한 노력을 하며 다양하게 예술혼을 창출해 가며 성실히
사는 김 시인을 볼 때 우리 협의회 경기도회장으로도 충분
하다고 다시 생각하게 된다.

김철기 시인은 사업장을 확장하는가 하면 그 바쁜 와중에
도 잔잔한 미소 가운데 오로지 시정신으로 시를 통해 내면
을 표한다.

그러기에 속에서부터 우러나오는 많은 시가 한없이 실타
래모양 줄줄 나오는가 보다.

나도 간혹 계절이 바뀔 때 산이나 들이나 강, 바다에서
혼자 시인인 듯 중얼거리고 시심에 잠겨도 본다. 하지만 역
시 시도 아니고 시인도 못 되었다.

김철기 시집 《한 點 꽃, 꽃의 사다리》, 《밤나무골의 햇
살》, 《소리에 색동옷 입혀》 등 그의 시를 읽을 때마다 느
끼듯이 김 시인의 시에는 진실되고 슬프고 아프면서 아름답
게 승화하고 힘차게 나아가는 행진곡을 듣는 것도 같다.

이번 새로 나오는 시집 《빛 한 줌》에서는 한층 깊어진
시세계를 만날 수 있으리라 믿고, 아는 모든 이가 함께 박
수를 보내길 바라며 다 같이 축하합시다.

전국 학교어머니회 회장단협의회 **회장 하 은 려**

김철기 시집/빛 한 줌

차례

2부. 꿈꾸는 소원 세 가지

5부. 포도원에서

1. 빛 한 줌

빈칸

식전에 끼니 부담처럼
허기진 빈칸을 고민하는 나는

요긴하게 스미는 물과 공기에도
둥근 바람소리의 빈칸을 서성이다가

시상(詩想) 한 자락 낚고 보니
철학의 무게에 빈칸은 넘쳐나고

눌러 짜 압축을 무리하면
꽃잎지운 씨방처럼 자진할 부피

적절한 채움과 여백에 맘 저릴
내 빈칸의 꿈에 밤 낮이 따로 없다.

외로움 덜까 싶어

매일 매일
홍수 만난 갯펄
탁한 물살의 방만한
도시의 언어
하도 오금 저려

별빛 고요 속으로
사고를 몰입시켜
철저히 혼자 치루는
글감 마름질에

타고 났다 싶고
퍽도 곧잘 한
선택이다 싶기도 한
질 높은 외로움이지만
좀은 덜까 싶어

어지럼 소용돌이를 비껴
충격어 참신한
소극장 포스터에
살풋 다가서도 보며

정선된 어휘들
근간의 안녕을 담아
다듬은 음성 연출의 만남
보리수 시낭송회 뒷풀이

40년 가득 시 쓰셔
쳐다만 뵈는 시인께서
전집 중 엄선 다섯 편
넉히 잡아 사오십 편
천만에 그도 못 꼽는다니.

혀 둘리는 줄기찬 시력(詩歷)의
열정을 기웃대면서
덜까 싶었던 외로움
아름드리 커지는 덩이채
부둥켜 안고 돌아와
뜨겁게 지내네.

꿈 낮추기

익을수록 고개 숙이는
벼이삭의 겸손을
낟알이 맺힐 시절엔
단지 교훈일 뿐

유수처럼 쏜살처럼
당도할 지천명은
고답스런 선배나 교수님만의
해당 지점 쯤으로
상상이 체감되지 않을 적
양기 찬 꿈 높이

키를 자르고 살을 베어내고
속뼈까지 깎이우는 내출혈
지필묵 앉힐 자리마저
경제학으로 매김되는 난세에
더 어떤 숙임으로
꿈 낮추기를 실행할거나.

무섬증

고사목도 함부로 베어내지 않는
돌무더기 비뚜름한 서낭당
뒷 둔덕에 다북솔 시커먼 저녁답
들풀 흔들리는 기척에도 머리털 쭈뼛해
뒤돌아 볼 수 없었던 날의 무섬증이며

괴기한 짐승 형상보다 섬뜩한
속가슴 무너지는 겪음의 세월
질기게 꿈길까지 따라다니는
덜어낼 수 없는 그리움의 난간에서
경기로 질렸던 왕소름의 무섬증도 거쳐 왔는데

어둠은커녕 흐릴 조짐도 아닌 대낮
승강장이든 길건널목이든 스치는
넋빠져 흐린 혼
살기의 곁눈질이며 괜한 히죽거림에서
매 순간 전율하는 시대적 궤변이다
대명 눈부신 날의 날선 무섬증이다.

18

빛 한 줌

심한 어지럼증
상승곡선 곤두박질의
그 때 이후

정5부 다이아몬드 빼낸
길쭉한 왼손 장지가 벗은 나여서
요란스런 준비 없이도
로사리오 기도를 바치던
오른손의 14K 묵주반지를
왼손 검지에 옮겨 끼고는
늘 같이 자고 깨는데

어느 밤 꿈에
낯선 냇가에서 뭣인가를 하다
손가락을 미끄러져 물로 잠겨 들었다

자갈과 모래 헤집으며
흐르는 물줄기 따라 안달복달
서둘러 건져 올리면 비취에 루비
또 움키면 에메랄드, 산호
이름도 모를 별의별 보석

알도 큰 반지 많기도 해라

'내 것이 아니야'
'이것도 아니네'
옛 애기 속 나무꾼
티끌 없는 양심처럼
갖가지 탐스런 색
한 옆에 모두어 놓도록
물살만 정강이를 스칠 즈음

말간 물 밑 아른대는
눈 익어 울 것 같은 반가움이여
'찾았어 내 것 맞아'

좋아라 받쳐든 손 가운데로
생시보다 환히
쏟아드는 빛 한 줌

그래, 두 손에 넘쳐도
흘리고 놓아주고
비워내는 아쉬움 아쉬움

꿈에서까지 욕심부려 넘보지 않는 실체
갠들, 먼 끝날이어도
풋풋하게 눈부신
빛 한 줌 뿐일걸.

참 말(言)

억측, 단정, 곡해……
난무하는 말 사태
숨 쉬는 편 쪽 난리법석

혀 끝의 불화살 향방 쫓아
무혈의 상채기 골을 파는
딱지도 진창인 언어군의 질펀한 잔해

더러는 증발하고 쓸려가고
괴어서 독향마저 생출하기도 하는 시류에
참 말(言)을 걸러 색동옷 입힐 날은 언제.

나 시인 맞아?

하루 중 시작에
실제로 배분되는 시간과
한 달내 시감 안에서
만나고 나누는 사람
또는 시심이 잉태되고
자연과 동화했던 시절이며
설레게 딛어 본 타국까지의 행보
두고 울궈낼 빛다른 추억마저
축적되어 있지 않은 텅빈
무참히도 막막함에서

우주보다 드넓어 끝 모를
상상의 세계
날갯짓 홰치던 여행길에
고갈난 우물터처럼
더는 샘솟을 기미 없어져
새삼스레 한밤중
불 꺼진 창을 포함
사면 벽 어둠에 대고
울먹여 쏟아내는 절망감에서

나 시인 맞아?

돌같이

모난 돌이 정 맞는다던가?
딴에는 달팽이처럼 몸 오그려도
삐죽대고 불거져 나와
긁히고 상처 받는 일상

깎아 맞춘 톱니바퀴로야
고르게 맞물릴 수 있을까만
풍상에 매끄럽게 몸다지는
돌의 호흡으로 간추리는 행적일레.

하루 한 번

어느 시간대가 좋을까
되도록 비밀스럽게
만남을 거르는 일 없을

눈길 손길 마음길 한 구석도
딴 데 쏠리지 말고
하루 한 번 정좌하여

우주 만물 열리고 닫힌
뒤져도 축나지 않는 사유의 광
잰 두레박질에도 다시 차는 샘 퍼 올릴

신새벽 오밤중 언제로 할까
되도록 신선하고 좀은 충격의 만남
하루 한 번은 골똘한 시작(詩作)에 잠기자.

어둘녘

푸른 어둠이 무리지어
까치발을 딛고
지층에 일제히 착지한다

일몰의 환상적인 노을도
캄캄한 우주로 사그러 들고

노면에 질주하는 차량은
땅 위의 별똥별 불금을 긋는다.

시집 상재 이후

홍수 끝에 개천이 불어나
금세라도 훑어내릴 위세의 흙탕물 위
어설프게 놓인 다리를 건너 본
방향마다 어지럼의 극한
간신히 앞쪽 곧게 중심 잡고서야
죽을 뻔한 멀미에서 생환하던

기진한 팔 다리
옴짝할 명령어나 두통마저 멎은 두뇌
몸통 어느 구석의 활동인자도 증발하여
갈잎 무게만이나 한
완전한 빈 혼신 이대로라면
다시는 한 갈피의 울궈낼 속도 없을 안착감.

아이의 눈에

6차선 사이하고
엄마 손에 잡힌
풍선 같은 아이의 눈에
각진 건물 겹친
하늘도 각져 보일까

풀숲을 경계한 마을길
잔 돌맹이 굴리며 걷다
키 큰 나무 상수리 새둥지께
한눈 팔다 본 무한대의 하늘을
푸른 신호등에 팔 든 아이
짐작이나 할까.

아이의 귀에

소리를 안 때부터
초인종, 전화 울림
자동차 경적 등 생활음에서

뜻 모를 락음악 먼저 듣고
신세대 댄스곡에 리듬 타는
신동 같은 아이의 귀에

골짜기 물소리며
빨랫줄에 새끼 제비
한꺼번에 지저귀는 소리

깊은 밤 부엉이 울음에
이불 속 파고 들던
그 뭉클한 소린 고전음일까.

돌아봄

한 시간 안에 시집 한 권을
다 읽어내는 독서법이

단 시간 내에
읽혀지는 시인의 시가

어느 편이 어떤 것인지
원근 모를 운무 속 구렁에 선 심경

비슷한 시감을 바꿔 부친 시제에
조금 다른 각도의 시각을
다소 정돈한 언어 배열이라고
속 느낌 매몰찬 평점 놓고
덜컥 송구해 돌아본 시작의 진통

실은 우리들 별반 다름 없는
그리움의 바탕 항용의 멀미를
만만찮은 시간내 자기 향을 숙성하려
우주에 보석이라도 박는 신열로
끓탕하고 또하고 무던히도 앓음이지.

백화점 앞 은행나무

나무야
너도 분명 도회 태생은 아닌 성싶고
젖먹이 적 공기 맑은 향리가
밑둥 나이테 속에 선연할 텐데
향수 어린 내색도 않고
홀로 서기를 잘도 하는구나

뿌리채 흔드는 차량에
태연히 이파리 나부껴 주고
호황과 난세의
내로라는 장바구니 경제
불꽃으로 튀는
숨결 물결 유동곡선
백화점 앞 불침번 몇 수년이냐

독기 섞어 넘치게 뿜어대는 인파의
세상사 구린 탄산가스
들숨으로 빨아들여
정화된 산소를 날숨 쉬랴
보행기며 켜켜의 짐 기대어 주랴
담뱃불 눌러 끄고

발길질도 예사인 무례에 눈감고
방패삼아 언성 높이는
핸드폰에도 귀막는 나무야

실내 조명등
군상들 부대낌 모두 멎은
투명셧터 고즈넉한 짬인가 싶으면
달, 별보다 발빠른 시가(市街)의
수군거리는 네온 파장에 속 황달들어
수령보다 조로(早老)했을
성근 수염 추스르며
맞은쪽 그리움에게 머쓱히 눈길 주는
백화점 앞 은행나무야.

요즈음 들어

가느다란 꽃대궁 코스모스여
꽃빛도 처연하게
가을 들녘의 대표 꽃군단 아니던가

요즈음 들어
급해지는 사람들 성미에
계절도 비위를 맞추나 봐

뙤약볕 따가운
뉘게 물어도 아직 여름인데
길섶마다 쭈빗댐도 없이
마음껏 흐드러졌네 그려

하긴 땅 냄새 전혀 없는
지하 주차장에서
고독을 가꾸던 옛 가을밤
섬돌 밑에서나 울어대던 귀뚜라미 소릴
요즈음 들어 예사로 들었었지

기후와 꽃과 미물뿐이랴
날(出)고 들(入)고 앉고 서고 등을

힘겨운 예의범절 줄긋진 않더라도

더러 조석 때 모르는
젊은 후배 행동거지나
나이면 절로 훈장인 듯
요즈음 들어 사람도 환경도
건망증 정도를 넘치네.

생일맞이

일년 중 몇 번 드문
붉은 팥을 둔 찹쌀밥에
한결 어머니가 정겨운 날이
대여섯 살 때의 생일맞이였나봐

마당 둘레 감나무 잎이
푸르러 가는 농도에서
푸르다 못해 볕 받아 하얗게 빛날 쯤
생일맞이 기다림을 아는 여남은 살였지

꿈을 앞지르는 화사한 자연
닦아놓은 놋그릇의 반사광보다 투명한
물방울을 굴려도 소리를 낼 오월에
고고한 첫울음 자존하며 거듭한 생일맞이

빛살만큼 초롱했던 눈 텁텁한 잎새마냥
지천명 턱밑 현기증의 시력
찻길가 매연 먹은 가로수 동시대 낯색
어느새 돌아봄이 긴 세기 말 생일맞이.

나이를 먹는 것은

집착에서 풀려나는 것
아까운 것도
놓을 줄 아는 것
분노를 걸러서 삭히는 것

급하지만 덜 급히 가고
놀랬어도 경망히 소스라치지 않고
슬픔을 소리내어 울기보다는
내 울음을 아파하는 마음을 헤아리고

바랜 색, 허드레 것들
비뚠 금도 연유가 있을 거라
휘인 초목도 정겨워
해독의 묘약을 멀리서 구하지 않음이다.

추억이라는 것

어느 지역
어떤 날씨
심지어는 모습까지
빗금 속 물체
선연한 것 하나 없는데
단지
그 때의 상황만은
되감고 풀어도
똑 같은 느낌으로
마음자리 한 녘
휘어지게 붙매인
무형의 장기 하나 더
추억이라는 것이야.

안경 닦기

지난 저녁
클린징을 하고
미온수로 정갈히 닦은 눈

잠든 동안
흘겨 본 낮의 성화가
끈적한 눈곱으로 젖은 아침

말끔한 세안, 보다 공들여
시작을 위한 마무리
매일처럼 안경을 닦는다

초점에 가린 먼지로
모르게 근시안이나 돋보기였을지
색입힌 렌즈로 기준의 외곬수일지

흐르는 물에 씻고 융으로 닦으며
이래서 세상만사 명징하게 볼 수 있다면
편견 없는 심안의 절대동반 안경 닦기.

2부. 꿈꾸는 소원 세 가지

꿈꾸는 소원 세 가지

난
아주
철없던
유년시절
선생님댁담
반쯤위로키큰
목백일홍진분홍
소담스런눈부심에
갖고싶은욕구가생겨
소원을느끼기시작했다

처음엔꽃나무를그릴큰
도화지와크레파스를
튼실한꽃가지많은
나무심을꽃밭을
꽃빛닮은의상
장신구점점
크는만큼
소원은
늘고
꿈

꾸는
많은걸
이뤄가는
빛깔향속에
구름위를뜨듯
흥취에도젖지만
공허한맘끝간데끝
다접고세가지소원만
오직꿈꾸는소원세가지

멋
여행
참사랑
일과봉사
밤잠설치며
값어치저울질
넘치다못미치다
꿈꾸는소원세가지
거듭정하고수정하는
평생목숨건무형의실존.

올해는 어머니 띠예요

을묘생이신 어머니
십이간지 일곱바퀴
토끼해예요

훨씬 진작부터
간담 떨구던 세월 용케
다시 이승의 새해 맞으심은

젊을 적 물동이 물 가득 이고도
한 방울 흘리지 않던 반듯한
매양 그 정신일께요 아마

전화로도 대뜸
내 이름 불러주시는 기쁨을
천지간에 무얼로 축하할까요

동녘 빛도 고운 아침 노을
하늘 한 자락 베어
깃털 보드런 뭉게구름 솜을 두어
가쁜 숨도 눌르지 않을
때때이불 한 채 지어 선사하면

이도 저도 못 미칠 여식의 한 끝 마음 되올지.

인사동에 못 가본 지

허공에다 헛손질로
석란을 치고
에스컬레이터 느린 하강
스치는 벽에 대고
힘 있게 매화가지를 긋는 시늉
못 떨칠 그리움의 짓을 한 날은
먼지 낀 붓발을 그윽히 보게 되고
내 한창 때의 인사동을 그린다

고서화며 골동품에 차 향 곁든
낮은 점포 옆옆이
목문진 옥문진 가족으로 앉았고
순지(純紙) 희디흰 살갗
손 떨리게 만져 번질 맛 어림하노라면
청자 백자 붓 통에 크고 작은 붓일랑
곁하기도 송구해 눈길만 슬쩍하던
내 추억의 인사동에 못 가본 지…?

증후군

거의 식탐 않는 오랜 식습관에
조이고 늦출 것 없이
절제된 위장의 느닷없는 변화다
먹고 있는데도 시장기에 허하고

이럴 때 밥이 되어 주지 않는
시 한 줄도 못 써 수면부족일 까닭도 아닌데
귀에 굳은살 박히도록 난무하는 소문들에
이, 비, 인, 후각이 불유쾌한 만성피로감

혼신으로 꾸려 온 것들이 모조리
난파선의 흉상으로 바스러지는 세태에
목숨 부지하는 대가성
분명 이 시대 앓이의 증후군인가 보다.

새벽 닭

아득히 오래 전 내 아이가 졸라 지하도 입구에서 사 온 병아리 한 쌍 기대 이상 잘 커서 암컷은 날마다 달걀 낳고 수탉은 붉은 벼슬 도도히 매부리 매발톱의 용태에 날개만큼은 공작을 닮더니 어느 새벽 어설피 목 틔운 후 깊은 구지골을 쩌렁히 울렸던 정붙이 내 화려한 날의 둥지 옛집 얽힌 사연이라면 지워내고 지워도 졌을 법한데 끄나풀만 닿아도 되살아남인가 도시의 중심 설풋한 잠을 깨우는 신새벽 닭울음 소리라니 예약 후약 다 하는 세련된 자명종 시테크의 세상 저 아닌들 날새는 줄 모를까봐

첫닭 울 시각 은비녀 고쳐 꽂던 울 어머니도 이제사 제 울음 들으신들 시간 밥 짓던 젊은 세월 한 자락 인화지 빼낸 낡은 필름으로 스치실지 아니면 유년에 병아리 모이 주던 다 큰 내 아기 기상점호 때 맞춰 제 목청 뽑는 소리 들으면 짧막한 추억 한 컷 뜰까 제 발자욱에 정원 잔디 퍼질 새 없고 비 오는 날 제 몸 냄새 역겨워도 빨간 꽃잎 쪼으며 놀게 해준 나 말고 누가 절 위해 명상할까 봐 도시가 들먹거리도록 몇 번이고 울음 뽑아대는 먼 산박이 오지랖의 눈치 없는 새벽 닭아.

가렴증

심산유곡에
정자를 짓고
약초 선식
신선 놀음 할
인간살이 아닌 터

'다이옥신' 소요가
있기 전부터
돈육에 햄 치즈는 물론
그 좋다는 등 푸른 생선
비린 근처 피해
볕도 가려 쬐고
꽃인들 다 좋아라 못한 바

먹고 마셔 가렴증
만지고 스친 가렴증
냄새 맡고
보는 것 만으로 부족해
입에서 입으로 전해지는
말 듣고 연상되는 느낌까지

널린
감염의 원천균에서
직립한 고딕체
긁어도 해소 못할
가렴증 일변일세.

떠나신 후에

금세까지 피던 담뱃불 끄고
출입문 들어서시는 미소
더러는 먼 발치 길 건너편
모퉁이 돌아 날리는 코트자락

언뜻 눈을 들면 헛보이는
갈수록 절절한 안속 그리움이네요

마주할 땐
고결하고 크고 높은 지성으로만
오직 대찬 바람막이
인간사 초탈한 교훈의
맨 처음 그 모습이길
다부지게 강요한 외고집이었군요

귀신과도 대화 가능한 칠순을 바라보아도
시인이기에 쥐면 바스러질 감성이라는
깊은 외로움의 흔찮은 고백마저
규격된 귓문 넓히지 못한 도량으론
고독의 한계까지 내가 본 허물만 들이댔죠

'혼자 부끄러운 것이 가장 부끄런 것이라네'
심중의 밑을 뿜으시던 뜨거운 숨
떠나신 후에 저리도록 끼쳐 옵니다.

중독성

커피나 맥주 등 마시는 것도
습관에 넘쳐 배이면 중독성이듯
같은 언어, 몸짓 반복에
대수롭지 않은 숱한 중독성 면면의 우리들

어느 땐 집 꾸미는 것이 전부인 채
서화로 전시장을 방불케 하고
화분이며 그릇 따위 장식에
하루만 쉬어도 의식이 몸살날 지경
별난 중독에 빠진 적 있다

기진맥진 창작의 고통
붓을 꺾을 만한 난황이어도
써야 하는 절대의 중독으로 써 모으고
흔히 중독성의 중증을 넘은 지조차 아랑곳 없는
퍽 고된 시집 상재를 거듭하는
우리들의 만연한 무독성 중독상태.

살아 있는 자의 잔치

밥 퍼 주는 이
술 퍼 주는 이
주는 흐뭇함에 살 맛나는 이들 속에
죽게 써 단장한 시집 퍼 나누는
제 행실이 할인공덕인 듯
내심 기특하기도 하다가

시인도 별 수 없이
때 모를 죽음에 이를 수 있던 걸 싶어
새삼 심각한 자문
어떤 이름으로 쓰였다 사그라질까 나는
내게 준 저 친필 적힌 시집들이랑
살가운 기록 등은 누가 간수해 주려나

족히 20년 이상은
되풀이할 짓거리일 것을
죽어서 호피라도 남기는 범의 정신으로
즈례하는 걱정일랑 털어내고
지지고 볶는 숱한 고달픔인들
살아 있는 자의 불꽃 이는 잔치인 것이야.

근황

대단한 문학성을 실은
명시랄 건 아닌데

만기 도래한 은행대출금
연장 못해준다는 목죄임 틈께

펼쳐지는 대로 읽은 문우들 시편에
목젖 떨다 눈물 찍어냈다

어젠 장학금 전달식장에서
어른도 아플 환경을 웃어 견디는 아이의 낯빛에서
보석꾸러미로 튀겨 나오는 눈물 못 참았다

벌써 몇 주 째인가
〈전원일기〉 사람 사는 보통 얘기에
안경 속 부은 눈 시린 하늘에 궁글렸다

단단치 못한 푸석돌 가슴팍
갈수록 느는 건 눈물인
눈물샘에 브레이크를 달아야 할 근황이란다.

휴가

휴가 일정 관심이
자연스런 안부인사 철
살가운 물음에
냉소적 웃음지어 보였다

연중행사로
주어졌던 휴가 땐
쉼의 설계 미숙 땜에
매번 아쉬움 되풀이

호사스런 기억쯤으로 제껴
눈 돌릴 여유 잃고
강산이 변할 햇수를
미련할 정도 끈기와 인내

이제 뉘 탓
중심 흔들린 반항아처럼
볼멘 허탈 뱉듯 웃은
휴가철의 개운찮은 뒤끝이다.

이웃

현관문을 키 꽂아 찰칵 잠그고
발보다 몸 앞서 헐레벌떡
엘리베이터 ▽보턴 눌러 놓고
코트 벨트를 매거나 부츠 지퍼를 올리는
매일 달음박질의 나더러
바쁘게 일나갈 곳 있어 부럽다고

사흘이 멀다고 뽀얗게 홑청 빨아 널고
방충망 창틀까지 말갛게 알미늄 본색으로 닦으면서
마늘 냄새 매콤히 겉도는 겉절이 다북히
방금 뜸들인 윤기 자르르한 밥 어우른 후식
받침대 받쳐 느긋한 커피잔에
수다도 향그러울 내 부러운 이웃.

마감

분명 예비할 만한
여유를 주었을 텐데
전자시계 푸른 표기
사면팔방 대형 전광판으로
바튼 뜀을 뛴다

단추 두어 개 더 낀 시차로
엄격한 통근차를 놓친 경험
평소 아는 거리라고 빠듯한 측정
예기찮은 공사중에 돌아가다 엇갈린 난감함
그 뿐일까 실은,

서류마감, 송금마감
원고마감 마감 마감……
죄이고 갈등하고 비장해지기도 하는
노상 동분서주의 숨가쁨으로
내 기록판을 거두시는 분의 정한 날까지
마감짓기에 끓는 숨결인 것을.

여보세요

흙 없는 콘크리트 지열과
우기의 예고편인
끈적한 습도 위에 겉도는
누리끼한 외등 주위에
움직이는 점 모양의 날벌레 밑
석조 가드레인 걸쳐
맨바닥에 누운 남자

여보세요
지난해의 통과의례
IMF 한파에 걸린 동상
그 결빙을 못 녹혔나요
부은 다리 끌고 정류장 가다가
때론 눌리는 눈까풀 크게 떠 핸들잡고
드러눕기 직전의 귀가길
당신 같은 남루에 아린 적 한두 번인가요

여보세요
면목 없어서 대책 없어서 한 가출
한 데 잠의 차가움에
감각 무디어질 때쯤

당신의 빈 자리
당신의 여자도 익숙할 거라
설마 그렇게 믿는 건가요

사랑한다고
죽음이 갈라놓기 전에는
절대 함께 할 것이라 했었고
지금도 사랑하기에
같이 있을 수 없노라?
여보세요
갈피 없는 바람이고 싶은 건
그럴 수밖에 없는 건
남자뿐이 아니라구요.

해질녘

꿈틀거리는 시장기와
본래부터 지녀 온
애잔함이 고개드는 해질녘
길을 가다가도
차를 달리다가도
황급히 깃들고 싶은

도저히 혼자서는
태양의 둥근 형체 사그러진
서산의 잔광에
치받는 울컥임
통절한 별스러움에서
줄행랑치고 싶은 시각.

내일 모레는

오늘 밤 자고 또 한 밤
아주 잠시지만 장거리를 간단다
앞만 보고 달리기만 한대도
쉴 참에 속 헹굴 산바람
머리는 벌써 솜털구름 무게네

걷잡을 수 없는 역마끼를
참 잘도 억누르고
짜 맞춘 시시각각의 성실한 표본에서
짧게라도 따로 떼어놓는
가슴은 어느새 탐사전의 소년이네.

병 문안

침을 삼키거나
기침을 하거나
사소한 평소 정상이
모든 큰 희망 이전의
축복임을 확인하는 거다

키도 크고 몸집도 좋아
허여멀쑥한 허우대
성품까지 강직해서
늘 갖춰진 번듯함이
홑 겹 환자복에 싸여
측은토록 부자유한 병자를 보며

건강할수록 치고 박고 긁혀
흠집에 덧멍울지는
담장 밖의 투쟁을
예정 없는 쉼 잠시로
참회, 선, 감사 더한 맘까지
영구하지 못할지라도
요긴히 빌리는 거다.

IMF는

목발이다
지렛대다

차등 많은 체급
눈금 촘촘한 잣대

손놀림 따로 있는
무대 위의 인형극 주인공

앞 뒤 안전거리 조절하는 운전자
고속도로 구간 중 통과해야 할 터널이다.

세대 교체

내 남자 친구가 아니고
내 시동생이 아니고
내 아들이
제대일수가 두 자리수인
고참이고
내무반장이래

확연히 선뜻해진 조석
잔등 시려옴보다
폐부 깊숙이 싸늘한
사랑 병 그리움 병
가을 타는 증세가
짐짓 쑥스럽네

이쯤이면 감정도
세대 교체를 해얄까.

혼불에 빛과 향기 뿜는

—신용백 박사님의 저서《경영관리자를 위한 공장운영관리의
포인트》출판을 축하드리면서

드넓은 대공에
유난히 빛 푸른 별 떴음이야
반세기를 거슬러 더 이전
척박한 지층에
거목의 발근 내렸음이야

청운의 꿈 낭자한 마당
상아탑의 예지 가닥마다
각고의 지성으로 갈고 다져
자리자리 실한 자욱 진하게
올곧은 공학의 빛부신
혼불로 일었어라

이 땅의 빛둥지 소용돌이치던 혼돈의 세월 속에서도
외곬 생살 찢는 집념의 탐구로
산업의 길 밝힐 불씨로 거듭 나시고

하냥 신새벽 여명에
이랑 내고 김 매어 숨결 섞는 정으로
미래의 재목에 꽃물 주고
풍우에 버틸 지혜의 넋을 심어

튼실한 후학의 꽃대도 무성히 누리를 채웠어라

여기 웅비의 깃 조요로이
한란의 나이테로 각인된 뜻의 편편을
깊디깊은 품 안으로 불러 다독이셔
끌고 당기어 환희의 합창 번질
꿈 높이를 마련하셨네

'경영관리자를 위한' 향방의 나침반으로
'공장운영관리의 포인트'를 새김돌로
아픔에 한껏 버거운 이 시대 고뇌 앞에
새 시대 만개를 채비하는 얼
따를 길 문을 트시네

촉수 세워 깨어 있는 이들에게
천지사방 덩치 큰 뜨건 수레를 끄는
숨가쁜 이들 우리 모두에게
뿜는 빛도 선연히 우뚝한 스승이여!

영원한 풍요를 갈원하고
생성하여 나눌 심혼엔
식지 않을 불티 더운 가슴의
타는 꽃심지여!

3부. 베란다에 머문 달

베란다에 머문 달

예정된 만남이었음
속 사릴 내숭이라도 떨겠다
새 천년이 오기 전
마지막 한가위 이틀 지난
야심한 시각

여윈 난(蘭) 겉잎 모양
마른 몸 만월로 살 오르는 주기 동안
눈 치뜨지 못한 내 분주한 하늘에
부풀린 그리움 맨살로
베란다에 머문 달

엉덩이 뒤로 빼고 팔 뻗으면
가슴팍 꽉 차 안겠다
뇌성번개 때 울어삼킨 목숨이건
달돋이도 엇나간 고달픈 꿈쫓음이건
그저 볼 부비며 풀어내자, 사랑만으로

지구가 허리를 틀어 돌리고
추운 창문 밀어 닫으면
다시 만날 확률 환산치도 말고
한껏 부여안은 천운의 포옹
서로의 속 계수나무 어루만지도록 깊게 깊게.

때로는

애초 어깨 걸고 내친 길

속 진정 못해 끓는 바다
치솟는 파도만 마냥 같으랴

해거름에 온통 먹장구름
휘모리 바람 섞어 낱 굵은 비
언제인 듯 말끔히 걷고
남빛 융단을 펴놓던 아침도 봤잖아

때로는
칠흑의 바다 가득 마주 박힌
별밤의 경건한 숨죽임으로
파고를 갈앉힐 체온을 조절하면 어떠리.

내 뜰 안에

무엇에 쫓기어
한 달음에 온 것도 같고요
누가 떠밀어 여기까지
온 길은 분명 아닌 것도 같고요

이 참에 내장까지 시려
겉 껍질만 단단한 대(竹)통
어디 스치기만 해도
빈 바람 붕붕 퉁소 울림입니다

그처럼 산이 좋으면서 산타기나
강, 바다 노랠 하면서
수영도 뜀뛰기도 해 본 적 없으니
허허로움 덜어낼 무엇일까요

품앗이로 겁없던 언젠
줄줄이 이백명은 단숨에
초대장 그어대던 이름들 짚어봐도
내 간곡한 뜰 안에 들 얼굴 안 보입니다.

그리움 뿐인 시각

시보다 더 시 같은
대중가요 노랫말이 유난히
창밖 봄비와 가락 맞추어
심장을 파고드는 즈믄 시각
온 정신이 그리웁기 위해 존재하나 보다

콧날 푸르던 시절
폭포수로 쏟아내어도 기근 모를
사랑의 샘, 얼마쯤은
따로 감춰야 자존심일까 딴청한
속 후끈거림의 속엣 감정

빗길, 꽃길 더런 달그림자 시린
지명도 불확실한 곳
어디에서나 허겁지겁 드러내고픔
여직 시침떼온 겉을 밀치고
오로지 그리웁기 위한 나인가 싶게 한다.

정사(情事)

빛부신 낮의 얼굴로는
차마 간격을 뒀던 하늘이
어둠의 가장 큰 보자길 한 겹 두르고
익숙한 기본 체위로
순식간에 바다를 감싸 안았다

종일내 직선으로 꽂히는
섹시한 시선만으로도
달구어진 울렁증의 바다는
호들갑으로 웃다 코멘소리 목쉬고
밀착한 하늘로 치오르며
좀체 수그러들지 않는 절정에 흐느낀다.

겉과 속

내가 네게
절대의 결별을
선언하고 돌아서
너로부터
시한부를 선고받은
참담한 나를 본다.

당신에게 그런 면이

늘 부릅뜬 눈에
위 아래 입술 겹치게
볼근육 움찔대며
어금니 앙다물어

온몸 전체가
화산의 안속 들끓음
화기의 언어이고

이마와 미간에 굳은 내 천(川)자
치켜 올린 턱이며
힘줄 굵은 목덜미
불끈 쥔 주먹은

시간마저 키보드에 얹어
오차 없는 아슬한 잣대
팽팽한 실력이
존재이고 삶이고

그런 당신에게
시사경제도 아닌

낯선 이름의 어군(魚群)들 생태계
굴이며 조개 이야기

도전이거나 또는
생산적이지도 않은
바다의 소년 같은
유순한 눈빛으로 귀 기울이는

당신에게 그런 면이.

비가 오네요

그대여, 비가 오네요
풀잎 두들기던
빗소리를 기억하오

간절해서 되려
간격을 두었던
우산 속 들끓는 호흡을요

아주 가끔씩 먼 데서
도시의 기계음 순간
국토의 경계도 비에 지워진 듯

우주에 출렁이는 섬으로 섰던.

기다림의 처음은

기다림의 처음은
냉장고가 무엇인지도 모르던
내 아버지 시대 오뉴월
밭고랑을 기는 볕은
한증으로 피어 오를 법한 새참 때 쯤
학교 파한 잰 걸음으로
산 밑 샘물 한 주전자 길어
잠자리도 동행치 말고 뛰어야
덜 미지근한 물
그 원초적 해갈의 냉수였을 것을.

기다림의 처음은
보일러란 게 있을 것인지조차 모르던
내 어머니 적 구시월
아들 낳을 조짐이라는
목 붉은 숫 딱따구리
진즉부터 뒷 밤나무를 쪼아댔는데
짧은 가을해 다 저물도록
땔나무 하러 가신 어른 지겟목이라도 거들
복숭아빛 볼 여린 여식보다 튼실한 득남
그 본능적 갈망의 출산이었을 것을.

인연

당신의 때절은 옷자락을 보면
질긴 인연의 고리에 숨결고르기 가쁘다

무저항적 노인성 검버섯 앞당겨 돋운
생명력 없는 표피의 추락된 남성

살 섞어 목숨을 피워 낸
아이들 아비임이 차라리 경이롭다

한 끝 기대치도 없노란 말만큼
증오도 측은지심도 잿불마저 식은 질화로

당신의 찌든 체취
애써 트는 가부좌를 보면

인연은 가슴에 화덕을 묻고
더운 눈물에 눈구석 짓무르는 열앓이인가 싶다.

그리움의 처음은

한 예닐곱살 되었을까

마당 밖에 나가긴 춥고
마침 그늘지지 않은 추녀 밑
섬돌에 나앉아
고드름 녹아내리는 낙수 사이로
따습고도 시린 햇발을 보던 전율

역시 고만고만한 나이쯤인가

아직 뒤꼍 응달진 대숲엔
살 속 스며드는 찬 기운 소슬한데
뒷산 차츰 밟아 오르면
아랫마을도 보이는 양지 바른 못가
솜털 보송한 할미꽃 싹을 보던 오묘함

따스한 쪽으로 끌리고
보이는 것 말고 아련한 게 있고
설명되진 않지만 확연하고
그런 마음이 생겼을 때부터 비롯일까
그리움의 처음은.

관계

같이 살 수도
따로 살 수도

마주 보며
속 가리며

존경 없이 어우르고
못 믿으면서 따르고

만성적 습관에
신선함 묻혀

분명 조화로운
눈높이를 조절할 사이.

앞선 이

구김구김 헐렁한 자켓
세우지 않은 깃 속에
노을빛 고뇌 찬
유독 시선 깊던 앞선 이
후끈한 체취가
제 그림자도 밟히는
초봄나절 포구 언저리
아직 겨울치 못 벗은
마른 잎대 뒤척이는 바람에 섞여
퍽도 또렷한 입김에
어지럼증인가 싶은 착시현상
고개 털고 보면
잔결 많은 물 거기 있고
여전히 높지도 낮지도 않은
때로 겹소리 한결 가차이
간혹 불운한 시대의 갈앉음을
또는 싫증도 모르는 '보들레르'에 홀리신
과거와 현재를 느린 말로 넘나들며
시심은 어느새 백, 이백년 미래에
더워진 불의 음성
돌맹이도 부수어 금조각으로 튈

햇빛 쏟아 붓는 사색의 터를
더러 허공에 눈길도 보내며
언제나처럼 산책중이시네요.

봄 바람

무장해제한 옷차림 틈새로
화선지에 담묵(淡墨) 자잔한 번짐으로
온몸 구석구석 옹알대며 스며들어서는

엊그제 고층 발코니 쪽을
원귀소리 정도로 위협하던 밤바람 불 땐
들춰질 기미조차 감감한 마음 갈피
어느 속장에 접혀 있던
숨죽지 않은 은밀한 바람기를 간지려

깨볶듯 콩튀듯 두서 없는
백치와 광인의 혼합 속성
맞아, 예전에도 그랬던 것처럼
대체 날 그냥 가만두지 않는
기묘한 봄 바람
봄 바람아.

헤어질 이유

누가 한 번 물어봐 주지 않으려나
이유 타당하다면
헤어질 기회 주겠다고

그러면 이렇게 대답할 건데
양치한 칫솔 헹구는 게 맘에 안 맞고
칫솔 닳는 형태도 싫어
면도기에 수염카락 낀 것
감은 머리 닦은 타올도 별나

더 싫은 건 발 닦는 폼
귀가 후 물바가지도 아닌
컵으로 물 한 번 발등에 휙 붓고
욕실 앞 매트에 마냥 문지르는 건 정말

내 나이 예순을 넘더라도
헤어질 이유 마땅하다고 편이 돼 준다면
그 사람의 눈치 코치 못 차리는 무미건조함이
평생 헤어지고 싶은 이유였다고
속 토하듯 말할 건데.

올해도 봄을 탑니다

음력으론 아직 정월 대보름 경인데
휑한 공복 또는 현기증
눈 쌍꺼풀 주위가 건조해 가렵고
분간키 힘든 향알러지성 코막힘 재채기
작년에도 재작년에도
짤막한 낮 햇살게
심장뛰는 소리가 제 귀에 들리는가 싶으면
자자분한 나부랭이 감정마저 분쇄된다.

불현듯 심한 입덧의 기미로
겨우내 속엣것 꺼내 먹은 김칫독
겉잎 허옇게 이끼낀 배추 포기채
일체의 양념 생략한
눌지 않을 만큼의 뽀얀 쌀뜨물에 지져,
머릿속 입맛이 무르익는가 싶으면
순식간에 변덕스런 비위가 울렁거린다

107.7메가헬즈 타고 흐르는 통상적 한 마디
표적 않은 시안에 든 무심한 표정에서
잊은 듯 잡힐 듯한 추억의 단상 끌어내고
맘에 든 나이에 멈춰 덥석 안고자픈

엷디엷은 심층 떨림의 선율
쏟아낼 울음치의 그리움이구나 싶으면
여지없이 올해도 봄을 탑니다.

갈등

속을 말로
다 할 수 없어
별 말 않고 보낸
적잖은 세월동안

속 상케 한
시위 쯤으로
묵인 돼 온 침묵
귀밑머리 허연데

속 좀 트고
인사말인들
이제 퉁명 접어
말머리 풀까 해도

속 없기론
예나 이제나
헤픈 그 이에게
말문 열기에 갈등.

어느 날 호프집에서

1

'……'
'……'

'서둘러 마시는 여유 없음도 닮는 건가'
'30분에 1500cc도 급히 마신 건가'

'우린 같은 게 있는 듯 다른 게 더 많아
근본 사고부터 차이가 커
내 고독이 뭔지 전혀 알 생각 없지?'

'21세기가 코 앞인데 고독은 다 뭐고
복잡한 세상 머리 쓸 일 많은데
그런 따윈 한 푼 가치도 내겐 없어.'

'잘못 만남이야
원래부터였는지, 상황따라 변할 걸 몰랐던지'

'싫으면 떠나,
지난날도 앞으로도 내 방식 아니면

아무것도 이해 안 해'

'부글부글……'
'부득부득……'

2

더불어 너그러워지고
배려를 가져봐요
독불장군이 없듯
문제는 푸는 쪽이어야지
극단의 분노로 상황을 채점하면
혼자밖에 안 남을 거예요
설득으로 변화를 바라는 게 아니예요
일체를 차단한 독특한 개성
무관할 수 없기에
내 고독이 거기 있어요

3

소프라노였다가 알토였다가
상관 없는 앞 뒤 옆자리와

목소리는 시소를 타고
음악은 또 목소릴 삼키고
음악과 잡음과
남의 속 태운 연기까지 섞어
호프는 호프를 마시고
좁아질 듯 벌어지고
벌어졌다간 일치될 여망이 보이고
앞의 말은 잊고
다시 시작하고
풀릴 듯 꼬이고
좀처럼 하나 되지 못하는
웅변과 침묵의
홍조 띤 취기가 넘치는 곳.

4부. 닮은 꼴

닮은 꼴 · 1

해 뜰녘과 해 질녘의 빛깔
소년과 노년의 특성

떠나 보낸 자리와
남아 있는 자리의 적요

환희의 극치와
고통의 꼭지점에서 짓는 인상.

닮은 꼴·2

잘 닦인 유리창 밖을
관심어린 눈길 보내는
이름 있는 날

하늘을 날으고
벌판을 달리듯
거리를 메꾼 행렬

딸래미 아들래미
속까진 모르지만
영락없이 닮은 꼴

어느 웃대에서 내리내리
끈끈한 고리로 물림받은
지구촌 한 쪽의 자화상

이성에 눈뜨고 지성이 자랄 때
꿈으로 세워 따라잡은 소산인
오늘날의 닮은 꼴.

폭우 · 1

장대로
내리 꽂히는
저 날선 빗줄을
손 베이지 않게 휘어야 쓰겠는데

몇 동강으로 꺾어
묶음을 지어
한 단씩
옆으로 뉘여야 쓰겠는데

그냥도 숫장배기
구멍 뚫릴 걸
단숨에 꺾다간
양끝 모서리 2호 5호네도 찔리겠는데.

폭우 · 2

개구리 뛰는 높이로
방울 튀기는 빗발
찰나를 동그라미로 살다
깨져서는
수억의 너 나 몸 섞어
줄기를 이루고
거친 방언
통제 못할 괴기로
순간에도
평생의 역사를
선별 없이 엮어대는
신(神) 뒤켠 쪽
위력이렸다.

분실 그 후 · 1

자기를 눈 뜬 때부터 줄곧
유별나게 전부를 소지하는 편인지라
영혼과 육신 분신함이 된
핸드백 통째 도난 분실의 순간
기 여린 난 잠시
허탈을 넘어서 죽음치의 혼절

믿음의 징표 성물(聖物)을 비롯
각종 신분 면허증을 포함한 30년 지문 절은 인감
열대여섯개의 카드가 앞서거니 뒤서거니
우발적 계획적 지목이었을 상당한 현금
혼부림 상심의 내력만큼 추기된
내게 있어 절대절명 두께의 수첩

살아있음의 모든 맥이 끊기는
혼절 이상의 늪, 분명 죽음 체험이었다.

분실 그 후·2

죽음 체험을 한 분실 그 후

여전한 높낮이의 구름떼에도
발등까지 보듬어 비춰 오는 빛살에도 차마
눈부셔 눈물 고여 오는 감동
호된 홍역의 아픔 뒤에 부쩍
소견이 드는 어린애 적 성숙의 눈빛으로
비로소 나이에 걸맞는 마음 폭

돌이켜 보면 때때로
얻는 게 반이면 잃는 게 반
늘 엎지러진 분량만 완전 빈 잔인 듯 애석해
채움으로만 치달았던 고단함
비워낼수록 차오는 무형의 충만감이
노트하단 경구로만 머물지 않고
심폐가 팽만하는 몸소의 실감
산소로 스미네.

환절기 · 1

중병 앓고 난 헛증
흡사한 2月 끝자락
퍽이나 울퉁불퉁
굴곡 심한 분노의 둔덕
여진 같은 진통에도
한녘으로 쏠리는 세상에서
시간을 축내다
아예 시간 잡이다 싶은
걸림도 막힘도 티 안 내고
휘어 넘는 세월의 경이로움

환절기 · 2

웨이브 굵게
늘어뜨리는 기준에
묶어 매기도 하고
틀어 올리기도 하고
남의 손 빌지 않기엔
이골난 긴 머리채
샴푸때 갈퀴에 걸리듯
손가락 휘감아 빠지고
뒤채인 베갯머리
털갈이 하는 길짐승 같더니
새로 단장한 터키 산
하얀 타일 바닥 위로 숫제
풀죽은 낙엽으로 깔리는 걸 보니
유난스럽게 치루는 달갑잖은
또 한 철 환절기인가 보네.

내일 또 내일 · 2

믿음과 기대치를
포기했더라도
미운 짓 하는 모양은
밉게 보일 뿐

지난 시간을 수정한다면
저를 만나지 않고
외줄기 바램을
꿈 전부로 걸진 않으리

많은 내일 내일
그 때 다시
오늘이 부끄러워져
재 수정하는 이변이 생겼으면.

내일 또 내일 · 3

스트레스를 많이 받는 체질이라나
예민한 신경성 소화장애라나

이제껏 맘놓고 먹을 음식 궁색해
영양식 완전식품 섭취엔 먼 탓인지
부쩍 휘청대는 무릎
뼈마디 삐걱이는
얻어 들은 상식 골다공증 증세

아름다운 시간 좋은 만남
적당히 지니고 누려 더는
멋 낼 삶도 아닐 듯 싶은데 뭐

절박감에 가차운 우울에 일손 놓고
팬스리 양면거울 펴 아래 위 잇속
약간의 치열 변화지만
치석도 별반 없음을 살핀다

다시 눈 치뜨고 내리뜨고
가늘게 그어지는 주름결인 듯
그래도 매끄런 피부를 넌지시 본다

때가 되어 아플 테면 아프고
늙을 테면 늙으라지

탯줄로부터 이어 옴직한
열정으로 부둥켜 안 놓치려는
빛 다른 내일 또 내일

요람의 복귀처럼 고스란히 반납하고
맨손의 경지에 초연히 들면 어떠리.

여유 · 1

당찮은 여유라도 잡고 싶어
헐렁한 통의 바지에다
윗몸 두 배쯤의 상의를 숫제 걸치고
거울 앞에 서 본다
깡마름이 강조되는 안쓰런 여유

누구는 다이어트에 목숨 건다던가
환절기마다 자신이 더 가냘퍼 뵘은
체구에서가 아니란 걸 알기 때문
갈수록 시간에 매이고
생각에 눌려 혼돈하고

목울대 팽만하는 심화
여태 엇물리는 이해선상의 나의 사람과
팽팽한 실오락 조바심에서
풋풋한 한 조각 여유라도 주울까
틈새까지 기웃대는 처절함이다.

여유·2

나는 길에다 절대 침을 뱉지 않는다
아무도 날 보지 않은 곳에서도
입을 가리고 하품한다
무릎을 가즈런히 앉는 건 몸에 뱄다

발을 떠는 사람에게 짜증을 느낀다
볼펜을 똑딱이거나 굴려도 산만해 싫고
내가 편식하는 음식 냄새 풍기며
이사이에 이쑤시개 꽂고 다니는 사람 혐오스럽다

그러나 때로 편한 신발에
팔자걸음을 하고 싶다 나도
나이로 긴장을 놓는 법을
싫은 것도 까다로움 접고 흘기지 않는
여유로운 눈빛이고 싶다 이젠.

여유 · 3

굳이 자명종을 맞추지 않고
수화기를 세면장에 들어다 놓고야
맘 놓이는 샤워 습관도
눈뜨면 보이는 잔소리 거리마저
그렇게 사는 거다 라고
접어두는 게 고작이면 어때

이때껏 나의 성미 나의 태도
나의 詩의 정갈함을 닦는
내 자존(自尊)의 업(業)을
할 수 있는 데까지 느긋이 풀어놓음이다

이국 어느 평원에 방목되었던
들짐승 유유한 몸동작으로
모였다 흩어졌다 구름떼의 화폭이
몇 번이고 바뀌도록 하늘 쳐다보고

소리가 있는 곳이면 들끓어
진저리나는 시대성 용어엔 귀닫고
입 다물어도 잠시 불편치 않은
편히 느낌 대로 사색에 젖는 대로
초다툼 없는 이대로의 여유일 뿐이어도 좋겠다.

별 일이야
— 바탕 · 21

자칭 나는 교과서다
거의 갓길을 모르는
남들도 나더러 FM이란다

우리 또래의 어릴 적에
콩서리 참외서리 추억 한 편 없는
한정된 시계(示界) 안의 온실습도에 젖어
약간의 외향(外香)에도 알러지 체질이 되었다

내 아이 키우는 시절에도
학교 앞에 오글대며 '뽑기' 하는
저들간의 재미 한번 용납 못한 행적에

기껏 신문 한녘 퍼즐게임은
맞추는 재치로 빠져들 때 있지만
작게라도 요행 바라는 추첨엔
취기에 곁눈질로라도 넘겨 밟지 못하는
제 스스로 금 그어 길든 *범생이

간 밤 꿈자락과 뒤섞여
통채 흔들고 덤벼드는 손(손님)

생판 뜻밖의 '복권'이란 얼굴에 끌리는
오늘의 맹랑한 바탕이라니.

* 범생이 : 요즈음 학생들 사이에 '모범생'의 은어임.

집 이야기 · 1
― 바탕 · 30

편히 우리 집이라 불렀던
갖춰진 풍요의 터전
뜻에 없이 떠남의 시점부터
문짝까지 젖혀 좁혀진 공간 길들기에
웃음 죽여 삭힘으로 냉소한 속은
점차 감동 없는 배웅과 귀가
복제한 키를 저마다 지니면서
싸늘한 금속성 적중하는 소리 늘수록
하얀 석상으로 굳어져 온 세월
웃음의 미래는 곧 닿을 듯
늘 아스라이 멀고
되짚어 추억 속
넘쳐나지 못할 부스러기 웃음꺼리
끄집어 되찾기 손질을,
비슷한 몸짓이라도 해 보아야 돼.

강낭콩

— 바탕 · 31

강낭콩을 까다가
제 몸 크기에 알맞은 껍질 속
나름의 빛을 지닌
천진스런 무욕(無慾)을 본다

크고 작은 단위의
널린 묶음마다
겉껍질 키우기에 부대끼며 자리매기는
낯빛도 어둔 몸집들 나직이 앉아

모정의 젖빛에서
그리움의 연핑크
더러는 열정의 붉은 색 짙은
천연의 작은 한낱조차
스승의 눈빛인 강낭콩 보았으면 싶다.

고장 수리
— 바탕·32

사랑의 테마
영화 속 결혼 이야기

애틋한 주인공 자리에
여직도 자기를 심어 놓고

찌릿거리는 감동
눈물도 뜨겁게

하던 일 내쳐
밤을 새우는 혼불까지

저리고 아픈
청춘의 신열 여전하다 싶은데

하룻밤 불면에도
잇몸 들솟는 불유쾌며

날궂이 덛쳐
뜨끔대는 디스크 통증

집 안에도 먼저랄 것 없이 즐비한
세면대 현관도어 가전제품들

맨 고장 수리할
부아 치미는 세월의 이끼

동시다발적 까다로운 구석마다
비범한 손길을 부르는가.

집 이야기 · 2
— 바탕 · 33

대리석 대문 기둥에
이름자 나란히 인각한 안쪽
튼실한 몸통 휘감은 줄기 묵은 해수 따져
프리미엄 얹어 심은 등나무만 아닌들

하룻밤에도 몇 순씩 눈 떠 어우른 덩굴 사이
고상해서 고독하단 보랏빛 꽃송아리
줄줄이 엷고 짙은 꽃등 매달면

배색 내기에 군청 풀고 연지, 노랑
젖은 밑지 겹쳐가고
잎맥치던 담채묵빛 어둠 번지도록
조이 보낸 눈시린 한 세월만 아닌들

유년의 첫정도 접어 다둑일 법한
절제된 회억의 꿈밭에 선연한 칼라 꿈
내도록 생생한 옛집
설운 빛 그리움으로 현몽되진 않을 것을.

울화통
— 바탕 · 34

당연한 수입원이었던
줄 끊긴 지 수년
원래부터 그래 온 것처럼
익히 지내다가

자존심의 밑바닥 만이라도
지켜 주리라 한 설정
엉뚱한 데서
터지는 울화통

가계부에
'아빠 용돈'이라 쓰기 싫어
지명 없이
'약 값'
비밀기호 적듯 하고 보니

어느 기간 수입란을
풍요롭게 했던 수치만큼이나
빚 보증이 얼추 맞먹었던
실속 없이 사람 좋다는 그 안식구 울화통.

바퀴 하나 펑크나던 날

— 바탕·35

승승장구하던 아이 아빠 사업이
뒤흔들린 10년도 더 전 즈음
소가 밟아도 끄덕없으리란
맏아들 운세를 믿으시던 시어머니

억장 무너져
확산한 암 세포에
곱게 눈감으심을 두고
부도맞은 아들 앞세우지 않은 순서가
아주 망할 집 아니라는 거였다

애 보는 사람 집 보는 사람 붙여가며
싸고 돌던 아이 떼어놓고
발떨리게 일터로 나오던 초기
유별히 차에 관심 많은 어린 아들에게
우리 식구 자동차 네 바퀴 역할에 비유시켰다

균형 방향 역성들며 반듯하게 자란 아이
병역의무 교통 단속 구간에서
펑크난 줄 모르고 출발한 차바퀴
겁나게 쏠리는데 재간 없어 멈춰섰다

'네 바퀴가 다 반듯해야 차는 갑니다
온전한 가정을 위해 엄마 바퀴 정신 차리십시오'
거수경례 부친 아들 며칠 후 특박 때
저금통 털어 바퀴 건강용 마련했다며
예쁜 PC폰 따습게 쥐어 주었다.

아직 당신은 내게
— 바탕 · 36

이 도시의 맨 첫 맨션치곤
주차시설이 양호한 우리 아파트
양쪽 경비실과 엘리베이터를
구조조정으로 한 달의 반씩
한 쪽으로만 운행 경비근무이고 보니
용케도 출입구 기준 주차전쟁이다

영락없이 늦은 퇴근인 어제도
컴컴한 담벼락 밑
자전거 보관소 천막을 살짝 빗대
간신히 꽁무니 디밀어 논 내 차 앞을
비까지 내리는 출근 참에
가로막은 뉘차가 딴전 팔고 섰다

경비실 근처라야 도움이라도 청하지
둘러봤자 감감 한지가 따로 없다 여기다가
접었던, 굼뜨지만 자연스러움으로
핸드폰 '우리 집' 번지로 발신
날 위해 무엇도 아니라 한 체념 무색케
아직 당신은 내게 가파름에 서 있음이다.

114

5부. 포도원에서

포도원에서

밤 이슬에 낯 씻고
어둠에 올린 분(粉) 얼룩이 금세
자줏물을 쏟을 것 같은
반투명 상큼함이라니

아유 가리울 염도 없이
탱탱히 내밀고 드러내어
사람 자즈러뜨릴 저
향내는 산등성을 넘겠네

바람탈세라 낮춘 넝쿨에
등 허리 굽은, 키 큰 저들 부친
속싸게도 살풋 꽃가마 태우듯
고이 출가시킬 아린 맘 모를
음전만 했지 풋내기라니

볼따구니 터지게 웃음 깨물고
입김만한 솔바람에도
곧장 몸 내주고 안기겠네

아마도 잎새 마르도록

116

농익은 속내 뿜어대며
제풀에 곰삭도록
포도원 지킨다치면
폭우라도 빗대어 혼절할 신열이라니

서양으로 가 와인이든 쥬스든
국내 농협으로 가
잔씨까지 갈아 진액이 된들
다듬잖은 성수기의 투실함이 눈뜨겁네.

빗물의 진실

가슴에 흠뻑 배이도록
켜켜로 젖어드는 건
물음표 없는
순리
그 자체인 걸.

커피 잔을 비우며

보듬던 새 한 마리
뱃살의 따스한 기운과
목털 부드러움만
손 끝 저리게 배어놓고
그 새 날아갔니

머릿속 꽉찬 짐
뚫어져라 싶던 눈독 풀고
구름 한 다발 당겨
바람에 향기 섞어
자긋이 하려던 입맞춤였는데

어느새 끝난 향연
감미로운 기호 놀음에
쌉쓸한 감칠맛의 여운 뿐
기약해도 아쉬움 짙은 별리
쉽게도 날아간 새여.

부채(扇) · 2

어김없는 복간(伏間)의 폭염에
IMF 증후군 지속된 신열 포함
이상기류성 염천으로 끓는 절기

간간이 잎새 들썩이는 바람으로는
체온도 감성도 평정치 못할
지독스런 참음의 한계쯤

풍문만 귓등 스치던
친정 오라버님 안부마냥
불현듯 품에 온 부채 한 쌍

'竹紙相婚 生子淸風'
부채살에 실은 글귀 갓마른 묵향
향바람 일구며 춤추게 한다

동서로 너울대는 춤사위
시공을 망라한 꽃 기둥 꽃 그늘에
가슴 붉은 논개, 심청의 푸른 울음도 어린다

무시로 세월의 능선을 넘나드는 숨결로

이승의 저편 화염 같은 눈빛도 띄우고
가찹고 먼 정한의 타는 속가슴 헤집는
아름찬 바람 부퍼 모를 그리움만 돋운다.

지하 주차장

카드를 체크하면 가로지른 막음대가
신통하게 솟구쳐 열린 문
미끄러져 지하 문턱에 다달으면
햇볕과 음지의 차단 못
단거리 암흑을 통과하는 범상한 찰나
귀설지 않은 경보음과 나란히
터널을 굽어 뚫는다
흙냄새를 잃은 직조된 바닥
바퀴의 마찰음 보태어
고립된 지대의 긴장을 고조시키고

땅따먹기 요량하듯
규격된 주차선 안의
양옆 직사각형 공간을 탐닉하는
눈동자 바삐 굴려 점 찍는 쾌감
조감도 한켠을
노련한 생동감의 먹빛 채색이다
늘 같은, 늘 다른
안도와 두려움의 속심 짜릿함.

국제 영화 잔치

먼 데의 산이
출렁이며 다가온다
낮게 흐르는 구름이
하늘 연못에 오색의 수련으로 핀다

바람은 조으는 잎사귀를
발레리나 몸짓의 신명을 일구고
겹겹이 볕부신
만국기로 나부끼게 한다

성년 이전의 소담스런 흑백 꿈이
시공을 망라한 빛둥지로 둥그러
어깨 걸고 어우러져서 좋아라

살 빛 다른 땅
가닥진 물줄기마다
낯설 줄만 알았던 속내
하나로 터놓음이 좋아라

맨 처음은 하나였으리
색이 다른, 형상이 다른

저마다의 독특한 꿈밭을 일구었어도
맨 나중도 하나이리

무한을 담고 싶은 드넓은 가슴
치올라 넘쳐날 열정
너와 나 우리를 꿈꾸게 하고
목숨치의 꿈으로 생명하는
영원으로 치닫는 사랑에
길 트는 넋의 큰 한 마당일레.

가을 꽃 이야기

이야길 하고 싶다
가을 꽃 이야기를

물오르는 꽃띠일 때보다
더 꽃다운 생각을 하다가
진한 꽃사연 얽힘들을
비유하고 풀어 보기도 하고

느닷없이 허허로운 들길로 나서

스러지기만 하는 자연이라서
더 향그러운 작은 꽃닥지에라도
오롯이 취해
꽃비인 듯 꽃물 눈물 뿌릴

다 비우고 단지 꽃 마음으로
꽃 이야기 나눌 벗을 불러
시린 철 한결 빛 돋보이는
가을 꽃 이야기 속
꽃이 되면 더 좋으리.

풍속도

호젓한 길에 어쩌다
이어폰을 끼고 걷는 사람만 봐도
남파된 간첩 아닐까 갸웃하던 시절
남자의 머리 길이
여자의 스커트 길이가
개성으로 선택할 수 없던
수십년 전의 풍속도를
잊기도 했고
꼭 기억할 일도 아니다

이즘의 노랑 빨강 파랑 머리색
갖가지 머리핀 머리끈
똑 같은 듯 참도 다양한 길이에
나이 가늠이 안 되는 어깨 쌕에다
잠옷풍 속옷풍
진에 정장
모자 색안경도 날씨와 무관하고
보트 같은 구두 슬리퍼도 외출화
너나 없이 손전화 장소불문 터지는
다변화한 작금의 풍속도.

창(窓)

남향받이 안방 창
열 다섯자 은빛 창호지
여며닫은 쌍 미닫이
달빛 휘영청 넘치면

대추나무 그림자
밤바람에 이리저리
구도를 바꿔가는
화판이었고

그것은 선잠 깨거나 불면이거나
꿈길의 연장
그리움의 시초
공허의 바탕으로 찍혀져

달돋이
별돋이 가까운
높은 층 발코니 쪽 창에
사시절 길들 만큼 됨직도 한데

많은 기억 희미해 가고

건망증만 늘건만
사진이듯 그림이듯
화폭도 또렷한 창일 뿐.

식목

지게 작대기를 거꾸로 꽂아도
뿌리내린다는 청명 한식 즈음
복받은 식생의 시기
놓치지 말고 식목을 하자

회양목에 모과나무
후박나무 산철쭉
꽃도 보고 향내 맡고 실과 따던
연대별로 싱그럽던 뜰

콘크리트 칸막이 넓고 높아가는 동안
아스팔트 겹겹이 굳는 만큼
흙 귀한 땅에 사는 도시인이여
실은 가슴밭이 더 박토가 아니던가

'엘리뇨'니 '라니냐'니 신종 기후병증
사계(四季)를 설왕설래 휘저어도
하늘은 어김없이 삽질을 허락하는 때
우리 단단한 마음 고루 일구어
꿈 한 그루 식목하자.

여가 있으면

아이야
여가 있으면
강변 들길에 다닥다닥
토끼풀 꽃반지 감
아직은 전설이 아니란다

미루나무 밑 찔레덩쿨
냇물에 그림자 드리운
볕 따가운 작은 강가
듬성한 징검다리
맨발로 건너도 보고

여가 있으면
허옇게 옷 벗고
떼로 누워 있는 갈대
소리 없음의 소리 듣고

야산의 잡목들마저
무서리 설한풍을
맨몸으로 갈앉히는
나름의 순응을 만나도 좋겠다.

겨울 단상

멋이라고 생각했던 것
값어치
보람이라 여겼던 것
다급하게 매김질을 한다

나무등걸
무차별스레 터진 각질에서
내밀한 제몫의 소리가
진동쳐 와 눈물겹다

노변에서 귀마개를 하고
해 떨어지기 전
세월 끝자락을 잡듯
한 판 장기라도 더 두려는
노년의 타인들이 실없다

열린 날부터
관심해 온 우아한 것 모두를
그랬듯이 눈(雪)빛 정돈과
새 희망치로 남길
틀로 둬 두는 것이다.

백봉령을 넘으며

고공을 날은다고 해야 옳겠다
날개 없이도 내 승용차는
용케 저속 비행을 하고 있다

그어 놓은 차선이 막바로
천 길 만 길 낭떠러지의 경계
급커브마다 바짝 선 절벽

10년 해후의 설레임이 없었던들
해발 몇백 미터 감 잡지 못한 초행
감히 용기조차 남의 것이었을 거다

벚꽃도 더러는 지는 해안을 낀
코끝 저리던 감흥이 몇시간 전인데
모퉁이와 맞닿은 하늘에선 성근 눈발이라니

빗줄기를 훑어 내리며 안개 속을 더듬던 부러쉬는
소리까지 내는 눈꽃 쓸기에 안간힘을 다하고
긴장도 최고조에 이르러 차라리 엄숙한 선(禪)을 한다.

겨울나기 · 3

산도라지빛 멍든 속살
상채기 싸감는 붕대처럼
목도리 동여매고 서 보아도
예측불허한 동시대의 한파 뼈시리다

육신의 한 부분을 장식함과
속안 심성의 발현이기도 했던 액세사리
조그만 머리핀 하나의 기쁨치까지
지난 계절과 더불어 무의미로 스쳐간다

지녀두었다가 추위 한 뼘도 가리지 못할
날 더운 철에 잠시 유용했던 몫을
순전히 비생산적 헛짓이었다 하자면
혹한에 가치로 남겨질 것은 뭣이리

나목의 상수리보다 울음 떠는 공황의
시선만 돌려도 베일 듯한 유독
빙각세태에 맞선 굳은 뼈 둔한 낙법
끝끝이 저린 마디 멍자국 짙은
자라목 겨우살이
꽃빛 속살에 감돌 꿈 한 가닥 딛고
해빙의 지름길 점치는 겨울나기여.

行人 · 2

공포스런 전란의
총소리
포소리
발포음 전혀 없는
날씨도 짜랑한 평일

쫓기는 듯 불안정
반쯤 미치광이
더런 공격형에
질리고
자포자기의 행인

실직에 도산에
가정이
가장이
아내가
살림살이가
온통 흔들리는
한 시대의 표본
우리들의 자화상.

중턱을 넘었네요

떡잎으로부터
가꾸어지기도 하고
자성하기도 하고

볕 잘 드는 향방가려
꽃대 푸르르던
절정의 몸무게도

증발하는 수액에
꿈 한 줌씩 덜어
순순히 털어내며

산에 사는
강에, 들에 사는
두루 남의 염려와

다가올 탈진의 날
목메인 예감 짚어도
의연한 낯색

한해로도 중턱을
四季로도 중턱을
한 生의 중턱을 넘었네요.

눈빛의 비밀과 청아한 목소리
—김철기 제4시집《빛 한 줌》의 시세계

최 은 하
(시 인)

1. 서언(序言)

시를 읽는다는 것은 행복한 일임에 틀림이 없다. 특히나 현대와 같이 메커니즘의 홍수 속에서 인간정신의 정수를 만나고 감동을 불러일으킬 수 있다는 것은 어디에 비교를 할 수 없으리만치 흐뭇한 일이기만 하다. 거기다가 현대를 일컬어 불확실성의 시대라고도 하고 기준을 잃어버린 함정의 무리라고도 한다. 이는 한마디로 각박해져만 가는 연대를 일깨우는 경구일수도 있고 미래 지향적인 초점을 두고 저마다 단속하고 화합하는 장을 마련하는 뜻이라 해석할 수도 있으리라. 하여튼 한 세기를 보내고 새로운 세기를 맞으려는 시점에서 지구촌을 볼 때 여러 측면으로 나타나고 문제가 제기되는 것이 위기의식의 팽배라 아니 할 수가 없다. 하여 현대인들은 저마다 분주하게 자기 불안상황을 만들고 그 안에서 고독한 성주가 된다.

여기 시를 대할 수 있다는 것은 하나의 새로운 활력소가 되기도 하고 정화작용의 촉매제가 되기도 한다. 어찌 보면 질식

136

할 것만 같은 제 규격 안의 상황에서 한 편의 시가 갖는 가치랄까, 효용성은 지극한 의미를 스스로 갖고 있고 또한 발휘한다고 해야 할 것이다.

한 편의 시속에는 우선 그 작품을 쓴 시인의 눈빛과 사물에 대한 미학적 추구(해석)가 있다. 그리고 거기에서 언제나 물음보다는 자답격인 호응을 얻을 수 있고 새로운 생기를 감지하여 젖어들 수가 있다. 이에 대해서 시의 기능을 새삼 논술하기보다는 한 편의 시, 아니 시의 구절이 역사하는 힘은 약소하고 상처 입고 절박하고 새로운 세계를 희구하고 자기를 버리고 찾아 반성하고 영원을 갈구하는 사람들에겐 엄연한 역소로 작용할 수 있는 중심이 된다.

근년에 이르러 시(문학)의 부정론이랄까 절하의 험론이 한 켠에서 일기도 하지만 그건 무지에서 오는 한갓 기우요 실담이다. 아니 그보다는 시의 근본적인 보편론이 더욱 확산되어 인간의 심성 깊이에서 긍정적인 작용으로 발화하고 넘치는 향기이어야 하겠다.

이번에 김철기의 네 번째 시집 《빛 한 줌》을 읽으며 맨 먼저 가슴에 안겨 오는 것은 시인의 해맑고 따스한 촉감이었다. 그 느낌은 그의 눈빛에서 오는 시점이기도 하고 또한 손길이기도 한 것이다. 얼른 달리 말해 보자면 시인 김철기는 하찮은 것 같은 일상생활 가운데서 시의 소재를 추려 잡아 자신의 문법으로 변용시켜서 우리를 감동케 한다는 말이다. 이것은 그이만의 장점이요 최상의 요량이라 할 수가 있다. 다시 말해 보자면 위대한 관념이나 지나친 수식적 시의 구절에 대하여 우리는 상당히 식상해 있다. 그리고 감동보다는 거부반응적이다. 그보다는 실생활 중에서 사실적인 파악과 기미가 우리를 훨씬 절실하게 떠올리고 의미의 깊이를 채우게 하기 때문이다.

먼저, 김철기의 시편들은 위와 같은 맥락에서 짚어볼 때 우리를 실질적으로 끌어안게 하고 젖어들게 한다는 것이다.

그러면 이제부터 내 나름으로 읽어낸 김철기의 시를 간추려 보도록 하자.

2. 세월의 모서리에서, 지금은

시간 앞에서 사람들은 '어느덧(새)'이라는 부사를 탄식으로 끌어 쓴다. 예로부터 지금에 이르기까지, 그리고 머언 후대 그 누구라든지 '어느새'란 말은 아주 정확히 발음하고 활용할 것이다. 시간은 원래 인간이 정해서 만든 것이고 그 안에 갇혀 덧없음을 탄하고 지내간다. 그러면서 시간을 발견한 것은 여하튼 위대한 업적의 한 가지임에 틀림이 없다. 그 개념 안에서 우리네 생활은 영위, 조율되고 역사는 이루어지고 있는 사실 아닌가.

시인 김철기도 어느새 이 시간이라는 굴레를 인식하고 자기 삶의 진솔을 간추린다. 그건 탄식이라기보다 자기 중심에 대한 확인이요 어떤 각오일 수도 있으리라. 그의 시를 직접 들어보자.

떡잎으로부터
가꾸어지기도 하고
자성하기도 하고

볕 잘 드는 향방 가려
꽃대 푸르르던
절정의 몸무게도

증발하는 수액에
꿈 한 줌씩 덜어
순순히 털어내며

산에 사는
강에, 들에 사는
두루 남의 염려와

다가올 탈진의 날
목 메인 예감 짚어도
의연한 낯색

한 해로도 중턱을
사계(四季)로도 중턱을
한 생(生)의 중턱을 넘었네요.

　　　　　　　　　— 〈중턱을 넘었네요〉 전문

　위의 시를 가만히 들여다보면 제1연, 제3연 그리고 제5연의
마지막 행에 자신의 해탑을 짚어 놓고 있음을 확인한다. '……
자성하기도 하고,' '……순순히 털어내며,' '……의연한 낯색'으
로 화자는 자기 최면적 지혜의 자명을 돋군다. 그리고 마지막
연에 이르러선 순명적으로 생애의 중턱을 넘어선 것에 대하여
투정이 어리고 섞임 없이 받아들이는 자세를 읽을 수 있다.
　이같은 부분은 그의 다른 작품「나이를 먹는 것은」에서도
여실히 잡혀온다. '집착에서 풀려나는 것/ 아까운 것도/ 놓을
줄 아는 것/ 분노를 걸러서 삭히는 것' 그리고 '비뚠 금도 연유
가 있을 거라/ 휘인 초목도 정겨워/ 해독의 묘약을 멀리서 구
하지 않음이다.' —첫 연과 마지막 연에서 볼 수 있듯이 김철기
는 사소한 일상 어디에서도 자기 푯대를 분명히 가눌 줄을 아

는 속내이다. 여기에서 유심히 낙점을 높이는 것은 어떤 문제를 두고 그 앞에서 실망하거나 부정하거나 회절하는 것 등의 자세가 아니라 화자는 순순히 극복해 안는 문제해결책을 자득해 낸다는 데에 우리는 공감하고 박수를 보내는 것이다.

3. 그리움의 처음과 끝

사람은 태어나 머리를 하늘로 향하면서부터 피워 올린 것이 그리움이란 생각이 든다. 그리움은 언제나 어느 정황 중에서라도 단계의 차원으로 끌어올리는 손길이요, 신호다. 그리고 그리움은 어느 처지에 놓인 절박함이나 고뇌가 급하고 깊을수록 역력하고 속으로 빛살을 지니고 비춘다. 그런가 하면 그리움을 지닌 사람은 만족을 모르고 끝없이 방황하기 마련이다. 그래서 그리움은 그 때 그 때마다 한(恨)도 되고 원(怨)이 되기도 한다. 그리고 병으로 굳어지기도 한다.

그런데 김철기 시인의 그리움은 그렇게 어둡거나 막힌 앞에서의 그리움이 아니라 스스로 소화해 낼 수 있고 아름다이 가꿀 수 있는 그리움을 내색하는 게 여간 곱지가 않다.

한 예닐곱살 되었을까

마당 밖에 나가긴 춥고
마침 그늘지지 않은 추녀 밑
섬돌에 나앉아
고드름 녹아내리는 낙수 사이로
따습고도 시린 햇발을 보던 전율

역시 고만고만한 나이쯤인가

아직 뒤켠 응달진 대숲엔
살 속 스머드는 찬 기운 소슬한데
뒷산 차츰 밟아 오르면
아랫마을도 보이는 양지 바른 못가
솜털 보숭한 할미꽃 싹을 보던 오묘함

따스한 쪽으로 끌리고
보이는 것 말고 아련한 게 있고
설명되진 않지만 확연하고
그런 마음이 생겼을 때부터 비롯일까
그리움의 처음은

— 〈그리움의 처음은〉 전문

그리움은 머얼수록 그 농도가 사뭇 짙기 마련이다. 그러니까 시간이 지나 오랠수록, 그리고 장소가 멀리 떨어지면 떨어질수록 그리움의 빛깔은 사무치며 현기증으로부터 몸살기 같은 게 일기 시작한다.

그래서 어린 시절의 그리움은 훗날일수록 선명히 남고 그 기억은 확대 심화되어 운명의 시작까지 더불어 지닌다.

유년의 추억으로부터 비롯했을 거라는 화자의 그리움은 평생을 양지 바른 데로 유인하여 오묘한 생명의 경이를 알아차리게도 한다. 그렇다, 그리움은 시들거나 그림자지지 않고 혼란의 한가운데를 질주하는 현대인에게 그래도 아늑하고 하늘의 푸르름을 바라보게 하는 것이다.

4. 존재의 상관 관계

사람들은 엄연한 존재이면서도 거기에 집착하는 의식이지 못하고 맴돌거나 유리되는 인식을 떨쳐버릴 수가 없는 경우가 많다. 그것은 자아와 상황과의 틈새가 깊은 사유의 갈등으로부터 표면화되는 현상이지 아닐까 싶다. 환언하자면 자아의 실존의식이 등가적으로 상승한 결과이지 아닌가 싶다.

이와 같은 한계 안에서라면 의식은 분명히 고립적으로 당착되기 마련이고 시인은 다시금 부유하는 존재인식을 추스르지 않을 수가 없게 되는 것이리라.

내가 네게
절대의 결별을
선언하고 돌아서
너로부터
시한부를 선고 받은
참담한 나를 본다.

— 〈겉과 속〉 전문

예사로운 정황설정에서의 자기 내성을 표백하고 있는 정체다. 절실하다 못해 절박한 숨결소리가 선연히 눈에 보이는 듯싶은 은유다. 누구나 사람들은 그 때마다 결별을 한다. 그리고 돌아서서 응시하는 자아처리가 어떤 끝막음처럼 다가와 둘러치기도 하는 것이다.

그런가 하면 김철기 시인은 위와 같은 상황판단을 재빨리 하고 나서 대처하는 입상으로 나선다. 이같은 면의 시 한 편을 살펴보자.

편히 우리 집이라 불렀던
갖춰진 풍요의 터전
뜻에 없이 떠남의 시점부터
문짝까지 젖혀 좁혀진 공간 길들이기에
웃음 죽여 삭힘으로 냉소한 속은

점차 감동 없는 배웅과 귀가
복제한 키를 저마다 지니면서
싸늘한 금속성 적중하는 소리 늘수록
하얀 석상으로 굳어져 온 세월
웃음의 미래는 곧 닳을 듯
늘 아스라이 멀고
되짚어 추억 속
넘쳐나지 못할 부스러기 웃음꺼리
끄집어 되찾기 손질을,
비슷한 몸짓이라도 해 보아야 돼.

— 〈집 이야기 — 바탕·30〉 전문

여기에서 볼 수 있는 것으로 떠날래야 떠날 수 없는, 그러면
서 상당한 간격을 유지하는 일상의 매임, 화자는 거기서 새삼
스리 제 온당한 자세를 간추리고 있는 것이다. 그걸 꼭 윤리
도덕적 율격 안에서 해석할 것이기보다 시인의 깊은 의식의 점
화로 보는 편이 좋을 것 같다. 이런 데서 우리는 현대인에게
있어서의 실존의식을 다시 한번 헤아려 보는 자리에 동참하는
것이다.

5. 창 너머의 계절 서정

김철기 시인의 시작품 가운데 주목을 끌고 있는 서정 감각의
수작이 많음을 놓칠 수 없다. 여기에서 우리는 김철기 시인이
한국화에도 일가견을 갖고 회화 창작하는 데 몰두해 오고 있음
을 상기해야겠다. 자연친화는 곧 김철기의 바탕이요, 섭생이며
하늘이요, 땅일 수밖에 없다.

이야길 하고 싶다.

가을 꽃 이야기를

물 오르는 꽃띠일 때보다
더 꽃다운 생각을 하다가
진한 꽃 사연 얽힘들을
비유하고 풀어 보기도 하고

느닷없이 허허로운 들길로 나서

스러지기만 하는 자연이라서
더 향그러이 작은 꽃닥지에라도
오롯이 취해
꽃비인 듯 꽃물 눈물 뿌릴

다 비우고 단지 꽃 마음으로
꽃 이야기 나눌 벗을 불러
시린 철 한결 돋보이는
가을 꽃 이야기 속
꽃이 되면 더 좋으리.

— 〈가을 꽃 이야기〉 전문

위 시에서 보면 화자의 그 순연한 형상이 너무나도 곱게 되
비춰오는 걸 함께 감지할 수가 있다. 그 해맑은 눈빛이 개벽의
천지를 보는 듯하고 친화라기보다 하나 가운데 어우르는 경지
랄까 생활의 면모를 그대로 인화해 볼 수가 있어서 좋기만 하
다. 꽃 이야기 속에 꽃이 되고픈 염원, 그 결정(結晶)이 곧 김
철기 시인의 내성, 바로 그 감촉이요, 시적 감성이리라.

6. 맺음말

이상으로 나는 김철기 시인의 시 몇 편을 읽어보았다. 그는 항상 깨어 있고 미학적 감수성에 앵글을 맞추고 지나가는 여정이다. 그러기에 어쩌면 고독의 안색이나 목소릴 떨쳐버릴 수 없을지도 모른다. 그러나 그것은 어떤 인식의 차원이요, 가치일 수가 있다.

나로서는 그의 시를 내 나름의 감상법으로 첫째 세월의 모서리에 어쩌면 곱게 깎인다고 할까, 다듬어지는 내용을 들추어 보았고 둘째로 그리움이란 시종 중에서 피어나는 시인의 눈빛을 눈여겨 공감해 보았다. 그리고 셋째로 존재의 상관 관계로 시인의 실존이란 걸 알아보았고 그것에 대처하는 자세도 높이 샀다. 그리고 넷째로 계절감각으로서의 서정은 시인의 말갛기만 한 혼불의 투영을 잡아서 젖어 본 것이다.

한 마디로 김철기의 시는 그의 정신과 생활의 편린으로부터 승화된 결정체라 할 수 있고 거기에 숨결을 불어 넣어 생기로 가다듬는 역사를 진솔하게 실감하는 작업이요, 내용이었다.

앞으로도 계속 더더욱 착실히 공부하고 정진하여 생애 가운데 시로써 높은 탑을 쌓아올리길 기원한다.

네 번째 시집을 내면서

시는 장식일 수 없고
하나의 커다란 의미를 넘어서
존재 그 자체 즉 숨쉼입니다

고요하고 안정된 숨결에서
가쁘고 거칠고 질식할 것 같은
몰아서 한숨이기도 한

때문에 길을 가거나 마음을 나누거나
어떠한 언어 행동이라도
폐활량을 조절하며 詩化하는 것
자연스런 숨쉼의 몸에 밴 표준 자세입니다.

더러는 나의 삶, 나의 시에
애써 충실하려는 천성적 책무로 인해
써야겠다는 운명으로 여기는 건 아닐까
짚어 보기로 했죠.

낯선 언어가 들끓어대는 시국에

움츠러 들고 흔들리고 망가지는 것 조차
예사로운 터에
눈에 보이는 양식이 되어주지 못하는
시를 끌어안고 불면하는 일

시인에겐 그것이 고통을 요구하는 짐도 아니요
얽매인 구속도 아닌, 빛나는 가치이며
자존, 에너지의 원천이며
진정 자유함인 것을 확인할 밖에요.

어떤 이는 시 독자보다 시인이 많다고 했던가요
그런들, 시인은 존중되고 아껴져야
당연하다고 감히 말합니다.

어떠한 대가성이나 혜택받는 증명서라든가 명패도 배지도 가지는 것 없이 다만 남다른 촉수를 하나 더 가졌을 뿐 물론 이슬만 먹고 살 수도 없습니다. 똑 같은 세상살이 가운데 남는 시간에서가 아니고 온 혼을 쏟고 제 살을 깎으며 창작을 하는 것이고 써지는 것이 시이기 때문입니다.

자연 환경도 인간관계도 오염으로 혼탁하고 흉스러워 간다지만 어느 시대에도 시인은 순수의 맨 앞자리로 매김되어질 존재이기 때문입니다.

스스로 아낌받는 역할의 한 몫이려고 네 번째 작품집 구상에 마련이 많았습니다. 좀 더 가쁜 호흡으로 쓰고 그리고 특색 있는 '시화집'을 엮어 누구라도 편하게 눈길을 주고 다시 보고 싶어지는 책을 꾸며볼 당초의 의욕이기도 했는데 작업진행 중 손질을 했습니다.

그림은 훗날 기회로 접어두고 좋은 느낌으로 읽혀지는 시집

이 되어지길 또 한번 희망하면서 추려내는 아픔은 눈감아둔 채 넉넉한 편수를 묶었습니다.

혼자 해 내야 하는 숨쉼의 작업 산소가 되어주고, 습도와 건기 때론 잠수 때 호흡 참음의 넘어갈 듯한 나락에서 숨 고르기를 지탱케 하는 사랑의 존재들
단 한번 뿐인 의미는 언제고 귀한 것이지만 아귀마다 맞아 떨어지는 특별한 시기였습니다.

지고한 자리매김을 눈물겹게 해 주었던 첫딸 아이를 얻었던 때가 어제인가 싶은데 대학교를 졸업하고 「朴帝垠 선생님」 소릴 듣구요
연년생인 아들 「志訓」이 품어 안으면 아직도 등을 토닥일만 한 보드라움 뿐인데 의무경찰 복무를 다하고 새 천년을 열기 전에 제대를 한답니다. 하긴 그 여린 걸 하루 열두 시간 꼬박 안쓰런 가슴 눌르고 따스운 울타리 밖에서 일에 매달린 세월 또한 10년입니다.
그럴 만도 하죠.
한 때는 지구도 떠밀 것 같던 패기며 열망도 날개 접은 두루미 형상으로 갈앉힌 남편의 코고는 소리를 아직도 자장가로 듣지 못하는 미완의 결혼 사반세기, 실감하기 낯선 단어인데 틀림없는 은혼이랍니다.

타들어가는 심지와 녹아내리는 촛농, 짧아지는 촛대 모두가 어떤 각도에선 숨통 틸 것 같지 않은 가위눌림의 잦은 절박감이고 아쉬움의 숨결이라 하겠습니다만, 맥놓고 잦아들지 않는 올곧으며 반듯하게 숨쉴 커다란 이유들이 내 안에 살아 있어 일으켜 세웁니다.

10년 또는 30년지기의 우러나고 배어드는 정담 중 의미 깊은
기념이 될 하은려 회장님의 서문은 기쁨의 숨을 돋우셨습니다.
　　이제까지도 그랬고 앞으로도 본보기로 삼을 모습을 詩作의
에너지로 존중할 것입니다.
　　그리고 내 안에 출렁이는 그리움의 바탕을 갈파해 주신 최은
하 선생님의 서평을 통해 다시 한번 차분히 숨을 가다듬어 보
다 평정한 숨쉬기의 지표를 마련합니다.
　　하여 나를 둘러싼 모든 것 《빛 한 줌》의 사랑을 깨달아 보
렵니다.

　　　　　　　　1999년 마무리에
　　　　　　　　　　　솔안말과 깊은구지를 오가며

　　　　　　　　　　　　율원 김 철 기 적음

김철기 시집
빛 한 줌

지은이/김철기
펴낸이/김재엽
펴낸곳/한누리미디어

100-192, 서울 중구 을지로 2가 148-73
신화빌딩 401호
전화/(02) 2268-4514
팩스/(02) 2268-4524

초판발행일/1999년 12월 20일

ⓒ 1999년 김철기 Printed in KOREA

값 7,000원

※ 잘못된 책은 바꿔 드립니다
※ 저자와의 협약으로 인지는 생략합니다
※ 이 책은 부천시 문화예술진흥기금에서 일부 지원 받았습니다

ISBN 89-7969-146-7 03810

빛 한 금

심한 어지럼증
상승곡선 곤두박질의
그 때 이후

정5부 다이아몬드 빼 면
길죽한 왼손 장지가 벗은 나머서
요란스런 준비 없이도
로사리오 기도를 바치던
오른손의 14K 황금 구 반지를
왼손 검지에 옮겨 끼고는
늘 같이 자고 깨는데

어느밤 꿈에
낯선 냇가에서 뭣인가를 하다
손가락을 미끄러져 물로 잠겨 들었다

자갈과 모래 헤집으며
흐르는 물줄기 따라 안달복달
서둘러 건져올리면 비취에 루비
또 옮기면 에메랄드, 산호
이름도 모를 별의별 보석
알도 큰 반지 밝기도 해라